此书献给我家的四个拖油瓶: 小毛驴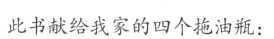 小毛虫 小辣椒 小扁豆

YUNDUO YIYANG DE BAGE

云朵一样的八哥

白 冰／文 ［英］郁蓉／图

接力出版社
Publishing House

每一只小鸟，都有自己的歌，
歌声是小鸟的梦想和快乐。

我是一只漂亮的八哥，
飞呀飞呀，唱着快乐的歌儿。

落在这儿看看，他们是谁？
是小姐姐还是小哥哥？

不想走了，不想走了，
他们是这么喜欢我！

他们带我出去散步，
给我吃各种好吃的水果。

可是，我还是觉得有点奇怪，
不知道我到底少了什么。

他们见我不太高兴，
就轻声地问我：
"怎么了，宝贝？是不舒服，
还是想要一个更好的鸟窝？"

他们选了一个最好的鸟笼，
漂亮，宽敞，好大的个儿！

他们喂我最好吃的，
可是，我唱不出心里的歌！

我可不想像那个傻傻的家伙，
在笼子里还那样欢乐。

我不想唱歌，不想唱歌，
笼子外有我的梦，
笼子隔着我和丛林、云朵。

他们都来看我，
想知道我到底少了些什么。

他们开了个宠物联欢会，
让好多宠物都来看我。

可是，我还是一声不吭，
看着他们在那里猜测。

他们终于明白了我，
知道了我的寂寞。
他们把我送回山林，
啊，多么熟悉的丛林和花朵。

就这样再见吧，
我的小姐姐和小哥哥，
我会想念你们，
我要为你们唱出最美的歌。

我回来了，丛林，
我回来了，云朵。

我要大声唱歌。

唱鸟儿，

唱我——一只云朵一样的八哥！

图书在版编目（CIP）数据

云朵一样的八哥／白冰文；郁蓉图．—2版．—南宁：接力出版社，2017.7
ISBN 978-7-5448-4963-0

Ⅰ．①云… Ⅱ．①白…②郁… Ⅲ．①儿童故事－图画故事－中国－当代
Ⅳ．① I287.8

中国版本图书馆 CIP 数据核字 (2017) 第 164033 号

责任编辑：胡 皓　　美术编辑：王 雪　　责任校对：刘会乔
责任监印：陈嘉智
社长：黄 俭　　总编辑：白 冰
出版发行：接力出版社　　社址：广西南宁市园湖南路9号　　邮编：530022
电话：010-65546561（发行部）　　传真：010-65545210（发行部）
http://www.jielibj.com　　E-mail：jieli@jielibook.com
经销：新华书店　　印制：北京盛通印刷股份有限公司
开本：889毫米×1194毫米 1/12　　印张：3$\frac{4}{12}$　　字数：20千字
版次：2012年11月第1版　　2017年7月第2版　　印次：2017年7月第3次印刷
印数：16 001—26 000册　　定价：38.00元

　　《云朵一样的八哥》是郁蓉根据自己的亲身经历，融合在剑桥的生活采集创作的。获得英国皇家艺术学院硕士学位的郁蓉，师从英国儿童文学桂冠诗人昆汀·布莱克爵士。郁蓉自幼受父亲熏陶，对绘画情有独钟，在中国接受的传统艺术教育使她打下了扎实的美术功底，在英国的学习使她的艺术天分得到了充分释放。经历了不同文化的碰撞、融合和再生以后，她自如地游走在东西方文化之间，学会了不拘一格、广纳文化艺术的精髓。郁蓉喜欢源于生活的创作灵感，她认为精神的感悟通过艺术的桥梁转化成真实形象的过程，始终是愉悦、享受和独一无二的。她会随身带着记事本，随时捕捉生活中的美丽点滴，图画已成为她记录生活的独特方式。由她创作的《云朵一样的八哥》《烟》《夏天》《口袋里的小雪花》《我是花木兰》等作品，先后入围英国图书信托基金会新人奖、美国图书馆协会推荐图书，获得布拉迪斯拉发国际插画双年展"金苹果"奖、陈伯吹儿童文学奖、中国最美图书、南怡岛国际图画书插画奖等。郁蓉现在与先生毛驴和三个孩子毛虫、辣椒、扁豆以及他们的德国猎犬嗅嗅探长定居在英国剑桥的乡村。